ポケットに太陽

文芸社

目次

汚してください

ボクを本棚に並べないでください
できることなら
あなたのそばに置いてください

カバンでもポケットでも
リビングのいつもの場所でも
トイレでもかまいません

そして
気の向くままに開いてください
あなたの手アカで汚してください

手汗やヨダレでもかまいません
コーヒーやジュースや

ポテチの油のシミも
素敵かもしれません

もしかして
あなたの涙やため息や
ページの角に折り目など付いたら
とてもうれしいのです

どうか　ボクを汚してください

この世に生まれた証として
素敵なシミとシワが
欲しいのです

詩集はいつも　そう願う

ポケットに太陽

ポケットに太陽を突っ込んで
夜の中を歩く

すれ違うのは皆
獣や妖怪ばかり
たまに出会う人間も
よく見ると鬼だったりして

誰も信じられないまま
世間と呼ばれる道を
ただただ歩く

親の言うシアワセとは
違う景色が見たいだけ

ポケットに太陽

どこへ向かって
どう歩けばいいのか
誰も教えてはくれない

ふと立ち止まり
ひとりでも孤独ではないと
ポケットに手を入れる

温かい
それだけでいい

安住の地

哲学は地図のようで
宗教はナビのようだ

雑踏の中で生きるには
できればあった方がいい

高い理想に生きるなら
必ずあった方がいい

誰かが言った

だけど決してそれ自体
安住の地とはなり得ない

安住の地

キミはどこへ行きたいの
地図の見方は難しそうで
誰か教えて欲しいけど
ナビが案内する道は
険しくて足が竦むよ
ボクはどこへ行くのだろう

決して特別ではない私

決して特別ではない私
それでも　たった一人だけ

ありふれた日々の中で
小さな変化に胸を痛め
小さな欲望を満たし
小さな存在を示し
小さな賞賛を求め

ある時は
生きた証という妄想に執着し
ある時は
永遠の一部であることを希（こいねが）う

やがて迎える旅路のために
ささやかな死にがいを見つけよう
混沌の中に身を置きながら
雑踏の中で耳を澄まして

数字

頭の中がいっぱいで
冷たい数字でいっぱいで
優しい言葉が出てこない
優しい笑顔が出てこない

時間とお金と点数と
降水確率　ランキング
便利だけれど多過ぎる
便利だけれど頼り過ぎ

あなたと私の相性も
あの子とこの子の将来も
始める前から決めつける
適性診断　パーセント

数字に追われ生きている
数字を追って生き急ぐ
人間同士は比較され
数字に勝つため努力する

心は　どこにあるのだろう
涙は　どこへ行くのだろう
あなたは私のどこを見て
愛していると言うのだろう

メタボなこころ

何をするにも気が重い
こころの底から　どっこいしょ

どんな願いも叶うまで
やれば出来ると教えられ

要らぬ情報　摂りすぎて
頭の中はドロドロだ

より良い人生　目指しすぎ
癒されるために努力する

くびれるためにダイエット
コレステロールは脳内に

重い重いよ　気が重い
まずは何から捨てようか

メタボなこころ

欠けたまま

あなたが埋めてくれるなら
私は欠けたままでいい

100%を目指しても
何ひとつ満たされない
「いいね」をたくさん集めても
幸せだとは限らない

社会という小さな箱の
人間が作ったグラフで
折れ線の角度と高さを
競いながら怒って泣いて

何のために生まれたのと

答えのない質問ばかり
繰り返すたびに生まれて消える
哲学と宗教と

普通という同音異義語
価値観という排斥理由
分離したり合体したり
群と個を繰り返す

甘やかされたネガティブを
鎧のように着こなして
疲れきったポジティブを
引き摺りながら進んでも

太陽も月も地球も
素知らぬ顔で回るだけ

そして私は欠けたまま

あなたのキスで満たされる

まるごと

人は自然と　ともに生き
受け入れることが　しあわせで

何でもかんでも　まるごとが
一番イイと　言うけれど

だけど　私は
文明の中で育った　ひ弱な子

何でも　キレイに洗っては
何でも　皮とタネをとる

あなたの愛も　まるごとじゃ
決して　受け取れないでしょう

たんぽぽ

田んぼの脇の砂利道で
綿毛と一緒に揺れていた
ふわふわと春風に
私のこころは揺れていた

遠く離れた　あの人に
今さら気づいた愛しさに
堪えきれない寂しさに
種を飛ばして空を見る

思い出は切なく
友情はもどかしく
菜の花の甘い香りと
部活帰りの汗の匂いと

郵便はがき

料金受取人払郵便

新宿局承認

2524

差出有効期間
2025年3月
31日まで
（切手不要）

160-8791

141

東京都新宿区新宿1－10－1

（株）文芸社

愛読者カード係 行

ふりがな お名前		明治 大正 昭和 平成 年生 歳
ふりがな ご住所	□□□-□□□□	性別 男・女
お電話 番 号	（書籍ご注文の際に必要です）	ご職業
E-mail		

ご購読雑誌（複数可）	ご購読新聞 新聞

最近読んでおもしろかった本や今後、とりあげてほしいテーマをお教えください。

ご自分の研究成果や経験、お考え等を出版してみたいというお気持ちはありますか。

ある　　ない　　内容・テーマ（　　　　　　　　　　）

現在完成した作品をお持ちですか。

ある　　ない　　ジャンル・原稿量（　　　　　　　　　　）

書　名				
お買上 書　店	都道 府県	市区 郡	書店名	書店
			ご購入日	年　月　日

本書をどこでお知りになりましたか?
1.書店店頭　2.知人にすすめられて　3.インターネット(サイト名　　　　　)
4.DMハガキ　5.広告、記事を見て(新聞、雑誌名　　　　　)

上の質問に関連して、ご購入の決め手となったのは?
1.タイトル　2.著者　3.内容　4.カバーデザイン　5.帯
その他ご自由にお書きください。
(　　　　　　　　　　　　　　　　　)

本書についてのご意見、ご感想をお聞かせください。
①内容について

②カバー、タイトル、帯について

弊社Webサイトからもご意見、ご感想をお寄せいただけます。

ご協力ありがとうございました。
※お寄せいただいたご意見、ご感想は新聞広告等で匿名にて使わせていただくことがあります。
※お客様の個人情報は、小社からの連絡のみに使用します。社外に提供することは一切ありません。

■書籍のご注文は、お近くの書店または、ブックサービス(0120-29-9625)、セブンネットショッピング(http://7net.omni7.jp/)にお申し込み下さい。

一番星は何処へやら
新月さえも　かくれんぼ
飛行機雲は気まぐれな
風をはらんで龍になる

強くなれたら　いいのにな
飛んで行けたら　いいのにな

水鏡

雪が解け　人が来て
水が入って　鷺が来た

畦のたんぽぽ　見守る先に
稲の赤ちゃん　ひとり立ち

春の田んぼは　水鏡
夕日うつして　紅くなる

山は逆さに　青くなり
雲を浮かべて　白くなる

光る水面に　癒されて
五月の私は　生き返る

胸いっぱいに　吸い込んだ
風はほんのり　ラムネ味

ひとりドライブ

青空に罪はない
誘惑に負けたのはワタシ

国道を北へ向かうと
田植えを終えたばかりの田んぼが
両サイドに広がる

マスクを外し
窓を思いきり開け
髪を乱した

五月晴れの青は特別
田んぼを渡る風は格別

自粛という言葉はときに
強制よりも重く
自重よりも深く
胸を縛る

言い訳よりも先に
良心的なＹＥＳが
用意されているようで

それでも　命は大切

人に会わなければいいのだと
強がってみても
このささやかな自由さえ
罪深いのかも知れない

もちろん
青空に罪はない

むしろ
いつも通りでいて欲しいのだ

ハルノヨロコビ

どうやら　春が来たようだ
あっという間に　桜も咲いた

それなのに
私のハルノヨロコビは薄い
氷の溶けたサイダーのように
味気ない

あの白い大地を
突き破って生まれてくる
力強い春は
どこへ行ってしまったのだろう

始まりの予感に

誰もが胸を躍らせる
あの賑やかな春は
いつ戻ってくるのだろう

庭先を見れば
椿も　水仙も　菜の花も
一斉に逞しく　咲き誇っている

人間の思う季節感も
目に見えない敵との戦いも
どこ吹く風だ

ああ　両手を広げ
思いきり　体中で深呼吸したい
ああ　心の底から
大声で　ハルノヨロコビを語りたい

人影の少ない街角に

夏のまつりの　夢を見た

風と暮らせば

風は気まぐれ
台所に居たかと思えば　畑に居たり
散歩に行ったかと思えば　昼寝していたり
何ひとつ　思い通りにはならない

風はいたずら
洗ったはずの洗濯物が　汚れていたり
洗ったはずの茶碗のフチに　ご飯粒が付いていたり
いつも　私を困らせる

風はいじわる
タンスと壁の隙間から
綿埃や忘れたい過去を引っ張り出して
時々　私に恥をかかせる

そう　全ては風のせい
そう思えば　楽になる

風と暮らせば　しみじみと
思い知らされる事ばかり
私の心の小ささと
常識の狭さと

ヤドカリ

旅に出ます
船出です
世間という名の大海に

探します
見つけます
地図も海図もないけれど

見たこともない　新しい
ジブンという名の
貝殻を

もう少し大きくて
キラキラ光る

ヤドカリ

貝殻を
ボクはまだ　これからも
成長できると
思うから

雨を待ってる

縁の下から顔出した
紫陽花が待っている

青い蕾を抱きしめて
雨が降るのを待っている

コンクリートを突き破り
どのくらい伸びて来たのだろう

固く結んだ拳のなかに
何を握っているんだろう

やさしい雨に触れたなら
そっと開いてくれるかな

緑の鎧を脱ぎ捨てて
こころ開いてくれるかな

そのときは声をかけよう
「ここまで　よく頑張ったね」と

いろんな想いが七色の
光る涙に変わったら

そのときは微笑んで
カタツムリの話をしよう

風車

風の無い　夏の夕暮れ
止まったままの　白い巨人

熱気の淀む駐車場
癒しを求める人々が
人工の風を操り
逃げるように家路を急ぐ

物言わぬ　優しい彼は
今日もただ　風を待つ

わずかな空気の淀みの中で
一生を生きる私たち
奪い尽くしていいものなど

風車

何一つないと知りながら

山を削り　大地を覆い
川を塞いで　海を埋め立て
人工の風を作るため
自然の作る風を待つ

淀む矛盾を見下ろしながら
巨人は何を思うのだろう

遠くに聞こえる蝉の声
だんだん紅く染まる雲
一番星を仰ぎ見て
彼は静かに回りだす

しずく

しずくが教えてくれるのは
萌える命の鮮やかさ
夜の嵐を乗り越えて
朝日に光る草の花

しずくが伝えてくれるのは
巡る命の　ありがたさ
夏の野菜の　もぎたての
傷にあふれる甘い水

しずくが見せてくれるのは
キミの命の奥深さ

海の向こうの哀しみに
胸を痛めて泣く姿

しずくは　いつも旅をする
こころと体と　この星の
すべての命を巡りゆく

マヨネーズ

マヨネーズは好きだけど
冷やし中華には入れないの

あなたのことは好きだけど
その組み合わせは好きじゃない

違うところで育ってきたから
あなたの好みは否定しないの

だけど　ちょっぴり悲しくなるから
その組み合わせは好きじゃない

最後に残ったスープの色が
夕立の雲に似ているから

夏の終わりの夕暮れの
雨と涙を思い出すから

マヨネーズ

クラネタリウム

クラゲが泣いた水の中
ワタシが泣いた闇の中

クラゲがゆっくり落ちてゆく
ワタシもがっくり落ちてゆく

小さな古い水族館
半地下の展示室
光るクラゲの水槽の
前のベンチで　ひとりきり

アナタの背中　思い出す
あの日のことを悔やみ出す

しぼんだクラゲが　ふんわりと
水の底から浮き上がる

流されて生きている
考えなくても生きている

クラゲが静かに笑ってる
ワタシも呆れて笑い出す

思い出はココに置いていく
階段のぼって　さようなら

星の下の星の上で

星のいっぱい見える夜に
ボクは生まれてきたのかな

星が見えなくなるときに
ボクは静かに死ねるかな

ずっと子どものままでいたい
その夢は叶わなかったよ

目が覚めたら　いつの間にか
大人になってしまっていた

いっぱい勉強したけれど
その通りにはならなかった

いろいろ試してみたけれど
分からないことだらけだ

時間はとても冷たいけれど
それは仕方のないことなんだ

この星で生きているのは
人間だけじゃないからね

宝ものは見つかったかな
守りたいって素敵なことだよ

やさしい気持ちで眠れる場所を
ボクはずっと探してる

星が見えると安心するよ
なぜなのか分からないけど

死んだあとの生き方を
相談なんかしたりして
目の前の悲しみが
ちっぽけだって思えるように

半分

半分妄想してるくらいが
きっと　幸せなんだろう
半分透明でいた方が
何かと　都合がいいように

完璧になりたいなんて
言った覚えはないけれど
中途半端と言われると
何だか　焦ってしまうんだ

秋は　だんだん冬になり
夜は　どんどん深くなる

自分らしさも　正しさも

鎧みたいで　息苦しい
知識とか　哲学を
検索してもキリがない

スイッチひとつで溢れだす
見たくもない現実と
知りたくもない真実が
今夜も　ボクの安眠を奪う

夢は　だんだん遠ざかり
闇は　どんどん深くなる

まぁいいか　まぁいいか
少しくらい病んでる方が
きっと　皆にやさしくなれる
もういいや　もういいや
半分無知でいる方が

人生は　楽しめる

涸れた月

スカスカの白い月が
西の空に　取り残されていた

珍しく晴れた冬の朝
キーンと張りつめた空気が
心地いい

久しぶりに　よく眠れたのは
一晩中やさしい光を与えてくれた
あの月のおかげかも知れない

与えられた幸せを
与え尽くして涸れていけたら
どんなに清々しいだろう

涸れた月

涸れ果てた月が　少しだけ
誇らしげな顔で沈んでゆく
私にも　真似できるだろうか

薄化粧

体はとても　正直で
心はちょっと　嘘をつく

あなたにだけ見せる素顔も
もうカワイイとは　とても言えない
生きた証と言われても
シミもシワも　正直いらない

隠そうとすればするほど
美しさから　遠ざかる
化粧とは名ばかりの
鏡の中の　朝の顔

世間の視線と紫外線から

薄化粧

逃れるために　薄く塗り
女らしさを　数えては
美魔女という名に　憧れる

笑顔があれば　それでいいと
あなたが言ってくれるから
飾り過ぎずに　薄化粧だと
心は今日も　嘘をつく

枯れてから

枯れても花と呼ばれたい
そう思うのは　わがままでしょうか

更年期という山なんて
時間と共に　過ぎてゆくもの
その先に　見える自分を
どうしたいのかで決まるもの

枯れた先の　人生を
消え去るまでの　人生を
花と呼ばれて　生きるのか
何と呼ばれて　過ごすのか

嫌われるより　好かれた方が

見つめ合うなら　笑顔の方が
地に伏せたとき　こぼすのは
愚痴よりも　種の方が

きっと　いいはず
きっと　いいはず

もって菊

秋の縁側　ばばちゃんと
花びら摘んだ　もって菊

慣れた手つきの　ばばちゃんは
背中も指も曲がってた

昔話を聞きながら
気づけば　ザルは花の山

ひょっこり顔出す　いも虫を
慌てて花から　つまみ出す

「もってのほがだ　ちょすなよ」と
ばばちゃん　いも虫　外へ出す

もって菊

「ちょすな　ちょすなよ　ちょさねても
そんま亡ぐなる　命ださげの」
紅紫のおひたしと
遠い思い出　噛みしめる

ささくれ

時間に追われ
カネに追われ
気がつけば
ささくれ
見つめては
ため息こぼれ
つまずいた
土くれ
見上げれば
夕ぐれ

ささくれ

ふり向けば
子の笑顔あふれ

夕食は
今日もカレー

家路には
ながい影

手をつなげば
しあわせ

ささくれも
しあわせ

ずぶ濡れ

暗闇の中で
ひとり　座りこんでいると
昔あった嫌なことが
天井から　滴り落ちて

月はあんなに綺麗なのに
私だけが　ずぶ濡れ

無味乾燥に過ぎた今日は
なんの痛みも無いくせに
戻ることも消すことも出来ない過去が
時折　こうして訪れる

泣きたい時に　泣けなかったり

ずぶ濡れ

忘れることが　下手だったり
悪い癖だと分かっていても
どうすることも出来ないまま

香り立つコーヒーも
大好きな音楽も
「困ったもんだ」と愛する人が
抱きしめてくれる温もりも

どんな五感が　こんな私を
変えてくれるというのだろう

月はあんなに綺麗なのに
私だけが　ずぶ濡れのまま

皹（あかぎれ）

親指が　笑ってた
仕事に疲れた私のことを
大口を開けて　笑っていた
洗剤がしみて痛がる私を

冷蔵庫の寝言が響く
真夜中の台所

勿体無いほど水を流して
ひとり　こっそり　泣いてみた
焦げ付いた鍋底に
ゴシゴシと　八つ当たりして

泡と一緒に流し切る

吐き出した　コトバとナミダ
もう寝よう　荒れた手に
ご苦労さまと言いながら
保湿クリームをたっぷり塗って
ようやく　今日を終わらせる
明日の朝　おはようと
ちゃんと笑顔で言えるように

蕾になる日

冬枯れて春を待つ
ちっぽけな　この私

一面の雪の原　隠された土の中
もそもそと蠢いて蕾になる日を夢に見る

陽の当たらない　この場所で
温もりだけを感じてる

目には見えない太陽の
存在だけを信じてる

祈ってる　祈ってる　太陽に会える日を
信じてる　信じてる　明らかにするために

一粒のちっぽけな　私とは何なのか

揺れたがり

私の心は　揺れたがり
そして　ときどき泣きたがる

今はただ
凍てついた湖面のように
言の葉たちを閉じ込めたまま

冬の朝の美しさも
この掌から　零れて落ちる

日々に忙殺されてゆく
愛おしき閃き

それは

妄想の余白に隠した
あなたへの想い

それは
吹雪に埋もれた
生命の耀き

人知れず　恋に焦がれる私は
春風を待つ　桜の蕾
雪解けを待つ　山の小川

穏やかな日常が　穏やかである為に
戦い続ける主婦の　秘めた切なさを
家族は　知らない

波の花

北風が吹きつける
波と岩との間から
ふわっと咲いて舞い上がる
白い花　波の花

夏の日に燃え尽きた
小さな命の抜け殻と
教えてくれた　あの人は
遠い人　風の人

海岸沿いの国道で
荒れ狂う波を眺めては
昨日の自分を葬って
小さな恋を弔って

天まで届かぬ儚さを
身に沁みながら冬を待つ
泡と消えゆく路の上
風に舞う　波の花

温もりを分けあって

てんとう虫が集まって
どうやら冬眠するらしい

雪をかぶった物置の
隅っこに　かたまって

雪国の冬は寂しい
ひとり待つ春は哀しい

寒いと言えば辛くなる
平気と言えば嘘になる

何も言わずに　やさしさを
ただ差し出して頷いて

人間も虫も同じだな
ただ温もりを分けあって
春がくるまで
春になるまで

真冬の桜

薄氷のバケツの中で
しゃんと背筋を伸ばすキミ

うす紅色のほほえみが
ボクの背中を励ますよ

大きな窓の向こうには
吹雪の町が広がって

白い吐息の旅人を
試すかのように吹き荒れる

啓翁桜　遠い春
遠いけれども　きっと来る

冷たい朝に観るキミは
ボクの背中を温める

ミジンコ

半身浴をしていたら
やっぱり肩まで浸かりたくなった

膝を抱え背中を丸めて
ぐっと肩を沈めたら
膝から下が宙に出て
まるでミジンコみたいだ

久々に自分の足を
しみじみ眺めて撫でてみる

雨も風も陽射しも寒さも
自然は過酷で容赦ない
街はどこか冷酷で

去り行く者を追うことはない

速足で進まなければ
雑踏に紛れてしまう
安らげる場所に辿り着くまで
泣いている暇はない

加齢と重力に逆らえず
足はどんどん退化する
それでも二足歩行に拘る私は
痛みに耐えて立ち止まる

腰を伸ばして　もう一歩
膝をさすって　また一歩

小さな星の隅っこの
小さな小さな水溜まり
進化も進歩も侭ならず

膝を抱えた私はミジンコ

これから始まる物語

美しいお姫様も
白馬に乗った王子様も
賢い猫も出て来ない

頼れるのはジブンだけ
という物語

近未来的なＳＦのようで
謎深いミステリーのような

信じられるのは家族だけ
というセオリー

今　音もなく流れるのは

名探偵の推理を見守るような
静かで霧深い時間

ヒトとヒトの間には
アクリルとビニールと冷たい視線が
ワタシとアナタの間には
ＡＩと電波と液晶画面が
それぞれの距離と繋がりを
作っては消してゆく

人生の起承転結の前に突然
一斉に放り込まれた大きな「転」は
これからのワタシを
どこに連れて行ってくれるのだろう

きっとこれは　冒険なのだ

鎧の代わりにワクチンを

剣の代わりに新薬を
盾の代わりにマスクを携え
さぁ　何から始めようか

これから始まる物語

コンビニ

コンビニはスイッチ

日常から　ちょっと違う日常へ
または　戦場へ
そしてたまに　非日常へ
オンにしたり　オフにしたり

人はみな切り替え好き

楽しいときも　悲しいときも
叫びたいくらい苦しいときも
その感情と表情を
持って行けない場所があるから

その間にスイッチを

それなりに長い人生を
何とか暮らしていくために
それぞれに　それぞれの
イロとカタチを使い分ける

今日もわたしは
コーヒーの香りの中
朝のスイッチを持って
レジへ並ぶ

ごみ箱

ごみ箱に詰め込んだ
中途半端なワタシの想い
クリックすれば消せるのに
人差し指が躊躇する

選びきれない生き方や
過ぎたコトへの執着や
それらを繋ぐ言い訳と
歪んだ夢のヌケガラを

一気に消してしまえたら
どんなにスッキリするだろう

「削除しますか？」と聞かれては
空にできずに　また閉じる

リサイクルショップ

分かってはいるけれど
捨てる勇気が持てなかった
そんな品々を手に
リサイクルショップへ向かった

人様に貰ったもの
昭和の女の思い入れ
「いつかまた」という妄想
遠い日の夏の思い出

決して嫌いな訳ではないが
少し身軽になりたかった

店に入るとすぐカウンターがあり

重たい荷物はそこで小銭になった
帰り際　作り笑顔の店員が
マニュアル通りにこう言った

「ありがとうございました」

それでも　ゴミ箱に入れるより
少しだけ　救われる

帰り道のコンビニで
小銭はソフトクリームになった
高く澄んだ青空に
翳してみると　よく似合う

早速ペロリと　たいらげて
大きく　息を吐いた

消しゴム

見えない消しゴムが
ワタシタチを変えた

至る所で
行事と風物詩が消され
「おめでとう」や「さよなら」が
言えなかった

街の中から
握手とハイタッチが消えて
「ありがとう」や「やったね」が
薄くなった

そこら中に散らばった

虚しさの消しカス

それでも　ワタシタチは
新しいペンで新しいデッサンを
描き始め
消えない鮮やかな絵具を求めて
旅に出た

コリナイ絵描きは描き続ける
消されても　消されても

冬が来て　春が来て
消しカスが土になるまで

シアワセの進化を描く
この作品に完成はない

除菌

まるでホイップクリームのように
三角コーナーを包み込む
除菌と書かれたスプレーから
吹き付けられた白い泡

ぷつぷつと音を立てて
消え去ってゆく　その様は
言葉も指も持たない彼らの
つぶやきに似て　切ない

それでも主婦は戦い続ける
愛する家族を守るため
目には見えない小さな命を
善と悪とに振り分けて

除菌

人間のエゴと知りながら
取り入れたり　取り除いたり
共存という名のもとに
増やしたり　作り変えたり

健康ってなんだろう
自然ってなんだろう
ひ弱な自分を恥じながら
文明の利器で身を守る

太陽から見たなら　きっと
私も小さな泡だけど
愛する家族を守るため
今日も除菌を繰り返す

感謝シマス

有難うございます
アリガトウゴザイマス

感謝します
感謝シマス

この詩集を作ってくれて
ボクに体を与えてくれて

感謝します
感謝シマス

この詩集を読んでくれて
ボクに命を与えてくれて

感謝します
感謝シマス

あなたの心のポケットで
言葉の小さな太陽が
ときどき光を放ったり
ときどき熱を発したり

誰かの冷たい指先を
温めることができたなら

私はとても幸せです
ボクもとってもシアワセです

感謝します
感謝シマス

この詩集に関わった
すべての人に感謝します

著者プロフィール

冬　湖（とうこ）

山形県鶴岡市在住
山形県詩人会会員

ポケットに太陽

2023年９月15日　初版第１刷発行

著　者　冬　湖
発行者　瓜谷 綱延
発行所　株式会社文芸社
〒160-0022　東京都新宿区新宿1－10－1
電話　03-5369-3060（代表）
03-5369-2299（販売）

印刷所　神谷印刷株式会社

ISBN978-4-286-24490-7